Texte français: Michelle Nikly.

© 1989 Rada Matija AG, 8625 Gossau ZH, pour l'édition française aux Editions Nord-Sud.
© 1989 Nord-Süd Verlag, Mönchaltorf, Suisse. Tous droits réservés. Imprimé en Allemagne.
Loi n° 49-956 du 16 juillet 1949 sur les publications destinées à la jeunesse.
Dépôt légal 3e trimestre 1989.
ISBN 3 85539 663 9

LES CHENAPANS

Un conte des frères Grimm illustré par

Bernadette

Editions Nord-Sud

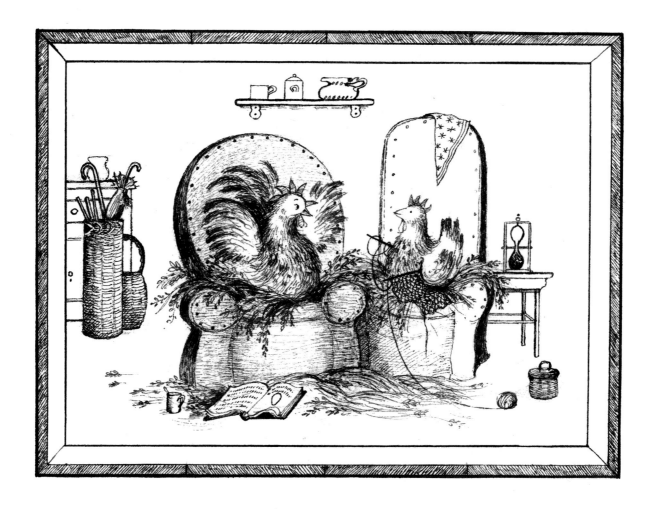

Petit Coq dit un jour à Petite Poule: «Les noix sont mûres, nous devrions aller sur la colline pour nous en rassasier avant que l'écureuil ne les emporte toutes.»

«Oh oui», répondit Petite Poule, «nous allons bien nous amuser tous les deux.»

Ils allèrent sur la colline, et comme c'était une belle journée, ils y restèrent jusqu'au soir.

Je ne sais si c'est par orgueil ou parce qu'ils avaient trop mangé, mais ils ne voulurent pas rentrer chez eux à pied. Petit Coq fabriqua une carriole en coquilles de noix.

Quand elle fut finie, Petite Poule s'y installa et dit à Petit Coq: «Maintenant, il ne te reste plus qu'à t'y atteler.»

«Tu crois ça?» fit Petit Coq. «Figure-toi que j'aimerais mieux rentrer à pied plutôt que de me mettre le harnais. Je ferais volontiers le cocher, mais tirer, il n'en est pas question!»

Pendant qu'ils se disputaient ainsi, un canard survint en caquetant furieusement: «Bande de fripons! Qui vous a permis de pénétrer dans ma réserve de noix? Attendez un peu, vous allez être reçus comme vous le méritez!» Et, bec en avant, il fonça sur le coq et la poule.

Mais Petit Coq ne se laissa pas faire et il attaqua aussitôt le canard, le piquant si férocement avec ses ergots que ce dernier demanda grâce. Pour la peine, il fut attelé à la carriole.
Petit Coq s'installa à la place du cocher. «En avant, canard, aussi vite que tu peux!» fit-il, et ils partirent à toute allure.

En chemin ils rencontrèrent une aiguille et une épingle. Elles criaient: «Arrêtez, arrêtez!» Elles racontèrent qu'elles ne pouvaient plus avancer à cause de l'obscurité, que le chemin était si boueux qu'elles ne pouvaient pas rester là: en fait, elles s'étaient arrêtées à l'estaminet du tailleur, et s'y étaient attardées à boire de la bière.

«Elles ne tiendront pas beaucoup de place, elles sont si minces», se dit Petit Coq, et il les laissa monter dans la carriole, à condition qu'elles fassent bien attention de ne pas leur marcher sur les pattes.

Ils arrivèrent bientôt à une auberge, et comme ils ne voulaient pas voyager plus avant dans la nuit, et que le canard était un piètre marcheur, tombant d'un côté et de l'autre, ils décidèrent de s'y arrêter.

L'aubergiste refusa d'abord de les recevoir, objectant que son auberge était pleine, et craignant qu'ils ne causent du désordre. Mais Petit Coq lui fit un discours sucré, lui disant qu'il lui donnerait l'œuf que la poule avait pondu en chemin, et qu'il lui laisserait le canard, qui pondait chaque jour. Tant et si bien que finalement l'aubergiste les accepta pour la nuit.

Ils en profitèrent pour se gaver tant et plus.

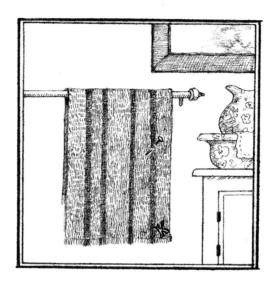

A l'aube, alors que tout dormait encore, Petit Coq réveilla Petite Poule. Il s'empara de l'œuf, l'ouvrit avec son bec, et ils se le partagèrent. Ils poussèrent les coquilles dans la cheminée. Ensuite ils allèrent prendre l'aiguille, qui dormait encore, et la plantèrent dans le coussin de l'aubergiste; puis ils piquèrent l'épingle dans sa serviette, avant de prendre le large, ni vu ni connu, et de s'envoler dans la plaine.

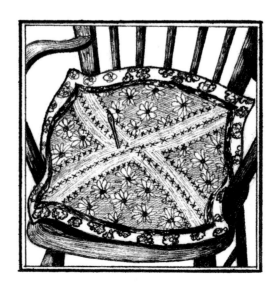

Le canard, qui avait préféré dormir à la belle
étoile dans la cour les entendit partir. Il se réveilla
tout à fait et se dirigea vers la rivière. Là, il se
laissa aller au fil de l'eau. C'était plus rapide que
quand il tirait la carriole!

L'aubergiste ne se leva que bien plus tard. Il fit sa toilette, et voulut s'essuyer avec sa serviette. Mais l'épingle qui s'y trouvait plantée l'égratigna d'une oreille à l'autre.

Il alla dans la cuisine pour manger un petit morceau. En passant devant la cheminée, la première chose qu'il vit ce fut les coquilles d'œuf. «Tout est contre moi, ce matin!» lança-t-il

de mauvaise humeur, en se laissant tomber dans son fauteuil. «Ouille!» hurla-t-il en bondissant en l'air, car l'aiguille à son tour l'avait piqué, et dans un endroit très sensible.

Fou de rage, et suspectant ses hôtes tardifs de la veille au soir, il les chercha partout, mais en vain. Ils s'étaient envolés.

Il fit alors le serment de ne plus jamais accepter dans son auberge des chenapans qui se gavaient sans payer, et pour tout remerciement vous jouaient de vilains tours.